Arturo y la carrera
por la lectura

Un libro de capítulos — Arturo — de Marc Brown

Arturo y la carrera por la lectura

Texto de Stephen Krensky
Traducido por Esther Sarfatti

LECTORUM
PUBLICATIONS, INC.
557 BROADWAY, NEW YORK, NY 10012-3919

ARTURO Y LA CARRERA POR LA LECTURA

1-930332-60-2

Printed in the U.S.A.

10 9 8 7 6 5 4 3 2

Library of Congress Cataloging-in-Publication Data available

Para mi amigo y colaborador,
Steve Krensky
— M. B.

Capítulo 1

Arturo pensaba que el pecho le iba a explotar.

Hoy le tocaba correr a su clase de tercer curso durante la hora de gimnasia. La señorita Severa, la maestra de gimnasia, les había pedido a los alumnos que corrieran en pareja y se mantuvieran juntos. Arturo trataba de seguir a Susana, pero no era fácil.

–Vamos, Arturo –le dijo–. ¡Siente el ardor!

–S-siento todo tipo de cosas –jadeó Arturo–. Ardor, dolores punzantes, malestar...

Susana movió la cabeza: –Tienes que ser fuerte, Arturo. Es importante mantenerse en forma. Yo trato de correr casi todos los días. Así me hago más rápida, y me siento mejor, también.

Arturo suspiró: –Solamente soy rápido cuando persigo a D.W. –Hizo una pausa–, o cuando D.W. me persigue.

Detrás de ellos, no muy lejos, Francisca y Berto corrían juntos.

–Date prisa, Berto –dijo Francisca–. No queremos que toda la gloria se la lleven Susana y Arturo.

–¿Tú llamarías gloria a esto? –preguntó Berto.

Francisca asintió con la cabeza: –La fama y la riqueza van siempre de la mano. Venga. Ahora es cuando tenemos que adelantarnos.

Unas yardas más atrás, Cerebro y Fefa arrastraban los pies.

–Creo que nos estamos quedando atrás –dijo Fefa.

–En absoluto –dijo Cerebro–. Nuestro plan funciona perfectamente.

Fefa preguntó sorprendida: –¿Tenemos un plan? No lo sabía.

–Es cuestión de la corriente y del viento –explicó Cerebro–. Aquí en medio del grupo, nos beneficiamos de la corriente de aire que producen los corredores que están delante de nosotros. Esa corriente que ellos crean nos impulsa.

–¿Y eso nos ayudará a ganar?

Cerebro rió: –¿Ganar? Yo no intento ganar. Simplemente trato de sobrevivir.

Fefa miró hacia atrás: –Bueno, al menos no somos los últimos.

Eso era verdad. Fernanda y Betico cerraban la marcha. Corrían a una velocidad media, pero Betico parecía frustrado.

–Fernanda, ya sé que soy tu pareja y tenemos que ir juntos, pero ¿podríamos ir un poco más rápido?

–¿Por qué?

–Porque vamos por detrás de todo el mundo –Betico frunció el ceño–. Y yo odio eso.

–La rapidez no lo es todo –dijo Fernanda–. Podemos disfrutar del sol en nuestras caras y del verdor de la hierba. Llevamos una buena velocidad.

–Si es tan buena, ¿por qué estamos en último lugar?

–Todo el mundo es diferente, Betico –dijo Fernanda–. Nuestra velocidad es buena para nosotros. Quizá no es buena para los demás.

–Pues, quizá tú deberías. . . —comenzó a decir Betico.

–Relájate y disfruta del panorama –dijo Fernanda.

Betico miró a su alrededor : –¿Panorama? ¿La clase de gimnasia?

–Utiliza tu imaginación. Al fin y al cabo, no vamos tan mal. Arturo y Susana están detrás de nosotros. Pero no mires de forma muy obvia. No queremos avergonzarlos.

Betico gruñó: –No están detrás de nosotros, Fernanda.

—¿No?

—Van tan por delante de nosotros que están a punto de sacarnos una vuelta de ventaja. ¿No puedes ir un poco más de prisa?

Fernanda negó con la cabeza. No sabía cuántas velocidades tenía, pero estaba segura de que ninguna de ellas podía ser más rápida que la que llevaba.

Arturo y Susana se acercaban más. . . y más.

—¡Nos van a adelantar, estoy seguro! —se quejó Betico.

En ese momento, sonó el silbato de la señorita Severa.

—Nos salvó el silbato —dijo Betico. Por una vez, estaba contento de que hubiera terminado la clase de gimnasia.

Capítulo 2

••••••••••

—Siéntense todos —dijo el señor Rataquemada cuando los alumnos volvieron de la clase de gimnasia—. Antes de comenzar con las matemáticas, quiero hablarles de un evento muy importante. Como ustedes sabrán, muchos niños no tienen la oportunidad de leer y familiarizarse con los libros. La escuela de Lakewood va a patrocinar una campaña a favor de la lectura, y toda la clase va a participar.

—¿Cómo se recaudarán los fondos? —preguntó Cerebro.

—Habrá una carrera —explicó el señor Rataquemada—. Cada uno de ustedes tendrá que buscar patrocinadores que apoyen con dinero la carrera. No obstante, no se trata de ver quién puede recaudar más dinero. Cualquier donación será bienvenida. La carrera, por otra parte, será competitiva. Todos los alumnos correrán juntos, pero habrá un ganador por curso. Así no tendrán que competir con nadie mayor —ni más pequeño— que ustedes. Y cada ganador se llevará un premio especial. ¿Tienen alguna pregunta?

–Si recaudamos más dinero, ¿tendremos ventaja al comenzar la carrera? –preguntó Fefa.

–No, lo siento. Todos comenzarán en el mismo lugar a la misma hora.

Fernanda levantó la mano: –¿Tenemos que correr? Quiero decir, ¿podemos ayudar de alguna otra manera?

El señor Rataquemada negó con la cabeza: –Todos tienen que participar, Fernanda, sin excepción. La carrera no será hasta la semana que viene, así que todos tendrán tiempo para prepararse. Con un poco de entrenamiento, estarán listos para enfrentarse a cualquiera, incluso a un mensajero como Filípides, uno de los corredores más famosos de la historia. ¿Alguno de ustedes ha oído hablar de él?

Cerebro levantó la mano: –En 490 antes de nuestra era, hubo una batalla feroz en Maratón entre los griegos y los persas. Se dice que Filípides corrió más de veinticinco millas para comunicar la noticia de la victoria.

–Ésa es una distancia muy grande –dijo Fefa–. ¿Le dieron una recompensa?

El señor Rataquemada negó con la cabeza: –Por desgracia, sufrió un colapso y murió después de dar la noticia.

Todos se lamentaron.

–Esto sólo subraya la importancia del entrenamiento –dijo el señor Rataquemada–. De ahí viene el nombre de "Maratón" para designar una carrera de veintiséis millas. Pero aquí no vamos a correr ningún maratón. Este evento será de cinco kilómetros. Eso son aproximadamente tres millas. No tendrá lugar en el

circuito, sino por las calles de la ciudad.

Arturo hizo una mueca.

—Llegué lo antes que pude —dijo, jadeando.

Se encontraba en los escalones de un edificio de mármol con columnas altas.

—Llegas demasiado tarde —dijo el Primer Ministro Cerebro, cruzándose de brazos.

—Me tropezaba constantemente con la toga —explicó Arturo—. Eso redujo mi velocidad.

—No me interesan tus excusas y a la emperatriz tampoco.

—¿La emperatriz? —dijo Arturo con voz entrecortada—. ¿Está aquí?

El Primer Ministro Cerebro se apartó:

—Llegas tarde —dijo la Emperatriz Francisca, sentada en su trono.

—Pero hice todo lo posible. Ninguno de los caminos está pavimentado. Además, me perseguían los lobos.

La emperatriz le hizo una seña para que se callara: —Eso debía haberte hecho correr más deprisa. —Se volvió hacia los guardias y dijo: —¡Llévenselo!

–¡No! –gritó Arturo. Pero nadie escuchó sus gritos y se lo llevaron a rastras hacia la mazmorra.

Capítulo 3

Después de clase, Arturo y sus amigos fueron al Azucarero. Arturo, Francisca, Susana y Berto estaban sentados en una mesa. En otra estaban Cerebro, Fefa, Betico y Fernanda.

–Berto, llevas una eternidad mirando la carta –dijo Francisca–. ¿Has decidido lo que vas a tomar?

–Sí. El helado rascacielos, con tres bolas de helado y plátano.

–No me parece buena idea –dijo Cerebro, dándose la vuelta para mirarlo–: Debes comenzar a pensar en la carrera. Todas esas calorías te van a pesar de más.

–No te preocupes –dijo Berto–. Para entonces estarán más que quemadas –se dio la vuelta para mirar a Arturo–: ¿Estás bien? Te noto un poco pálido.

–Tú también estarías pálido si hubieras estado encerrado en una vieja mazmorra maloliente.

–¿Qué?

Arturo suspiró: –Nada, nada.

Susana escribía en su cuaderno.

–¿Qué haces? –preguntó Betico.

–Estoy preparando un programa de ejercicio. Arturo y yo tenemos que entrenar duro.

–¿Ah, sí? –Arturo abrió bien los ojos–. ¿Por qué yo?

–En la clase de gimnasia corremos juntos. Y entrenar es difícil si lo haces solo. Así será más divertido.

–Tienes razón –dijo Francisca–. Berto, eso significa que tú estás conmigo.

–Y tú conmigo, Fefa –dijo Cerebro.

Betico frunció el ceño: –Y yo estoy con . . . Fernanda –dijo.

Pero Fernanda no parecía escuchar.

–Es terrible –dijo– pensar que hay niños que no tienen la oportunidad de aprender a leer.

–Sí –dijo Berto–, eso debe de ser muy duro. Nunca pueden saber cuál es el sabor de helado especial del día.

–O cuál es la puntuación en un partido de béisbol –añadió Betico.

–Existen razones más importantes que ésas –dijo Fernanda–. La literatura, la poesía y . . .

–Pero no nos olvidemos de la principal –dijo Francisca–, que es ganar la carrera.

–Me pregunto cuál será el premio especial –dijo Fefa.

Francisca se encogió de hombros: –No hay nada más especial que una bicicleta.

Susana negó con la cabeza: –Francisca, no creo que nadie dé una bicicleta como premio en una *carrera*.

–Pues deberían hacerlo.

–Y ¿por qué?

–Porque yo quiero una bicicleta nueva.

Y voy a ganar.

–Bueno, ¿y si gano yo? –dijo Berto–. Yo no necesito una bicicleta nueva. Preferiría un guante de béisbol.

–O un monopatín –dijo Betico.

–Ganar la carrera no será fácil –les recordó Cerebro.

–Claro que lo será –dijo Francisca–. Todo lo que tengo que hacer es correr más rápido que los demás.

–Eso es verdad –dijo Cerebro–, pero ¿cómo lo harás? Ésa es la pregunta. Hay que tener en cuenta el tiempo, el terreno. . .

–Y no se olviden de que hay que estar en *excelente* forma física –dijo Susana.

–¿No será suficiente estar en buena forma física? –preguntó Arturo–. ¿O incluso en bastante buena forma física?

–Tienes que saber mantener una buena velocidad. . .

–Y colocar el pie de la forma correcta.

–Y aspirar justo antes de exhalar.

Fernanda miraba a unos y a otros. Le

comenzaba a doler la cabeza. Mientras los demás seguían hablando, ella se levantó en silencio y se fue.

Ni siquiera se dieron cuenta.

Capítulo 4

•••••••••••

Aquella noche, a la hora de cenar, Arturo fue el primero en terminar el pollo. Después alineó unos cuantos guisantes al lado del puré de papas. Empujó cada guisante con el tenedor para ver hasta dónde rodaba.

—¿Qué haces? —preguntó D.W.

—Nada.

—Parece que haces carreras con los guisantes.

—Qué tontería, D.W. ¿Para qué iba a hacer eso?

D.W. se detuvo a pensar: —No sé. Ah, espera, sí sé. Es por lo de la carrera. Te oí hablar con Berto el otro día.

–¿Lo de la carrera? –dijo el señor Read–. ¿Qué es eso de la carrera?

–No tiene nada que ver con los guisantes –dijo Arturo, y les contó todo sobre la carrera.

–¿Una carrera a favor de la lectura? –preguntó su mamá–. Eso es sin duda una causa noble. Es una vergüenza que hoy en día haya tantos niños que no pueden leer bien.

D.W. frunció el ceño: –¿Qué clase de carrera será? ¿Será para ver quién lee más rápido?

–No, D.W. Es una carrera a favor de la lectura, no una carrera para ver quién lee más rápido. Primero tenemos que conseguir que la gente nos patrocine y luego habrá una carrera normal. El objetivo es hacer que la gente se dé cuenta de la importancia de la lectura y al mismo tiempo recaudar dinero. El señor Rataquemada siempre dice que saber leer es saber andar...

D.W. volvió a fruncir el ceño: –¿Y eso qué significa?

–Pues, no sé exactamente, pero suena bien.

–Quiere decir –dijo el señor Read– que si no sabes leer bien, no puedes seguir adelante. Cuenta con nosotros Arturo. Se lo diré a la abuela Thora y al abuelo David. Estoy seguro de que ellos también querrán contribuir.

–Cinco kilómetros es una distancia bastante grande –dijo la señora Read–. Cuando yo corría en la escuela secundaria, eso se consideraba una distancia a campo traviesa.

–¿Tú corrías? –preguntó D.W.

Su mamá asintió con la cabeza: –Corría los doscientos metros y los cuatrocientos metros. Y menos mal porque si no, nunca podría seguir tu ritmo, D.W.

–¿Corriste alguna vez una carrera de cinco kilómetros? –preguntó Arturo.

–Nunca en una competición –dijo su mamá– pero si quieres llegar a la meta, tendrás que estar en buena forma física.

Arturo suspiró: –Eso es lo que dice Susana. Quiere que entrenemos juntos.

–Susana es rápida –dijo D.W.–. Tú no podrás seguir su ritmo.

–Sí que puedo –insistió Arturo–. Lo que pasa es que para mí no tiene tanta importancia como para ella.

–Cuando corres, tienes que seguir una estrategia –dijo la señora Read–. Hay que procurar mantenerse cerca de los primeros, pero no conviene ponerse adelante demasiado pronto. Y siempre hay que conservar algo de energía para el tramo final.

–Habrá un ganador por curso –dijo Arturo–. Y un premio especial para cada uno.

–Bueno, Arturo –dijo D.W.–, ¿quién crees que ganará?

–La verdad es que cualquiera puede ganar, hasta yo mismo.

D.W. rió.

Arturo miró su plato y comió todos los

guisantes menos uno. "¡Ganó!" se dijo a sí mismo. Pero ni siquiera él quiso decir quién había sido el ganador.

Capítulo 5

· · · · · · · · · · ·

–¿Arturo?

Arturo estaba tumbado en una montaña de colchones. Todo era suave, calentito y cómodo.

–¿Arturo?

Arturo sacó la cabeza de debajo de la manta. No había nadie. Satisfecho, volvió a acurrucarse.

–¡ARTURO!

De pronto los colchones comenzaron a caerse uno encima de otro. Bajaban–bajaban–bajaban–bajaban–bajaban. Al llegar al suelo, Arturo abrió los ojos de golpe.

Su mamá estaba al lado de su cama.

–Arturo, tienes que levantarte.

Arturo parpadeó: –¿Qué?

–Tienes que levantarte ya.

Arturo miró el despertador: –Son las siete y media. . . y es sábado.

–Lo sé –sonrió la señora Read–. Pero Susana te espera abajo.

Arturo se incorporó de golpe: –¿AQUÍ? ¿AHORA?

Su mamá asintió con la cabeza: –Dijo algo de un programa de entrenamiento.

Arturo gruñó. Se acordó de que Susana había hablado de eso el día anterior, pero no le había prestado mucha atención. Se vistió de prisa y bajó.

Susana lo esperaba en la sala: –Ya era hora, Arturo –dijo–. Vaya, pareces como si acabaras de levantarte. Bueno, no tenemos tiempo para explicaciones. Vamos con retraso. Tendríamos que estar corriendo ya, ¿sabes?

Arturo comió rápidamente un poco de pan tostado y tomó un jugo de naranja. Después, Susana lo sacó a empujones por la puerta.

–Bueno, ¿dónde vamos a correr? –preguntó Arturo.

Susana negó con la cabeza: –No podemos comenzar a correr así como así, Arturo.

–¿No? –Arturo parecía confundido.

–No, primero tenemos que calentar. Tenemos que estirar los músculos para no lastimarlos si corremos demasiado rápido.

Arturo bostezó: –No creo que eso sea un problema.

–Los músculos son muy delicados, Arturo. Tenemos que hacer todo correctamente. Vamos a comenzar.

Guiados por Susana, los dos hicieron una serie de ejercicios de estiramiento y luego corrieron varios minutos en el mismo lugar.

–Ahora sí –dijo Susana–, ya estamos listos. ¿Dónde quieres correr?

–Arturo respiraba con dificultad: –En ningún lugar –murmuró, dejándose caer en la hierba.

–Vamos, Arturo. Cuando las cosas se

ponen difíciles, son los fuertes quienes entran en acción.

–Entonces no cuentes conmigo.

–Esta vez no te escapas –dijo Susana, ayudando a Arturo a levantarse–: Vamos al parque. Comenzaremos con un trote lento.

Cuando llegaron al parque, Arturo buscaba una ambulancia. Pero en lugar de unas luces parpadeantes, divisó a Fernanda y Betico.

–Por aquí –le farfulló a Susana, mientras corría hacia ellos.

Sentada bajo un árbol, Fernanda leía. A su lado, Betico hacía planchas.

–Hola –dijo Arturo–. ¿Qué? ¿Que quieren que nos sentemos? Fantástico –se dejó caer como un árbol talado.

–¿Qué hacen? –preguntó Susana.

Betico se incorporó: –Nos estamos preparando para la carrera.

–¿Los dos? –preguntó Susana.

–Bueno, yo estoy haciendo planchas –dijo Betico–. Y Fernanda lleva la cuenta

de las que hago. ¿Verdad, Fernanda?

Fernanda dejó de leer y levantó la vista:

–¿Dijiste algo?

–Fernanda, tienes que tomártelo en serio –dijo Susana.

–¿De verdad?

–Esto no es como la clase de gimnasia –dijo Susana–. Habrá mucha gente viendo la carrera. Querrás quedar bien delante de ellos.

Fernanda no había pensado en eso:

–¿Crees que es importante de verdad?

Susana asintió con la cabeza.

–De acuerdo –dijo Fernanda–. ¿Por dónde comienzo?

Capítulo 6

• • • • • • • • • • •

Dos días más tarde, Fernanda se dirigía a la biblioteca arrastrando los pies. Le dolían todos y cada uno de los músculos del cuerpo de los ejercicios que había hecho con Susana, Betico y Arturo. Pero tenía ganas de leer unas nuevas novelas de misterio que la señorita Turner había mencionado.

Pero a la entrada casi choca con Cerebro, que llevaba una gran pila de libros.

Fernanda se fijó en algunos de los títulos: *¿Le juega su sistema cardiaco una mala pasada?*, *Electrolitos al final del túnel.*

—Hmm, suenan muy interestantes.

—Y muy informativos —dijo Cerebro—. Para ganar una carrera, se necesita una buena base científica.

Fernanda bostezó.

—¿Qué te pasa? —preguntó Cerebro—. Pareces cansada.

—Lo estoy. Susana y Arturo me han dejado agotada. Corre por aquí, corre por allá, estira esto, estira lo otro. . . —se estremeció—. Aunque a Betico parece que le gusta.

—La dedicación de ustedes es digna de elogio, pero van por el camino equivocado —dijo Cerebro—. Ven conmigo.

—¿A dónde? —preguntó Fernanda.

—A casa de Fefa —contestó Cerebro.

—Pero iba a. . .

—Me soprendes, Fernanda. Pensé que una persona a la que tanto le gusta leer demostraría más interés. No te olvides de que se trata de una carrera a favor de la lectura. ¿No quieres hacerlo lo mejor que puedas?

Fernanda se limitó a suspirar.

Cuando Cerebro y Fernanda llegaron a casa de Fefa, la encontraron ordenando un montón de cosas en una estantería.

–Éste es nuestro laboratorio temporal –explicó Cerebro–. Todavía no tenemos todo lo que necesitamos.

–Como esos electrodos que uno se pone en la frente –dijo Fefa–. Los hay de diferentes colores, pero ahora mismo están agotados en la tienda.

–Tenemos mucho que analizar –continuó Cerebro–. Encontrar la técnica adecuada para correr implica muchos factores. Entre ellos están la distribución del peso, el desplazamiento del aire y la preparación cardiovascular.

–¿Qué significa todo eso? –preguntó Fernanda.

–Significa –dijo Fefa– que tienes que estar preparada. Sencillamente, no puedes presentarte a una carrera a ver qué pasa. Tienes que planear con anticipación; tienes que saber cómo funcionan las cosas.

–Exactamente –dijo Cerebro–. Y hablando de eso, Fernanda, hemos hecho un estudio de tu estilo de correr.

–¿De verdad?

Cerebro asintió con la cabeza y sacó un montón de gráficos: –Hicimos uno para cada uno de la clase. Es importante conocer a tus competidores. Pero en beneficio de la ciencia, estamos dispuestos a compartir nuestros resultados –hojeó sus papeles–. Como demuestra claramente este gráfico, la forma en que colocas los dedos de los pies es inadecuada.

–¿Lo es?

–Sin duda –dijo Cerebro. Le explicó que debía balancearse más en lugar de poner todo el peso en los dedos de los pies.

–Además –añadió–, tomando en consideración tu nivel de energía aparente, creo que no generas endorfinas con suficiente rapidez.

–¿Endorfinas?

–Es la sustancia que produce tu cerebro cuando haces ejercicio –explicó Fefa–. A mí me suena un poco asqueroso. Prefiero las cosas que puedo ver.

Le extendió un globo a Fernanda: –Toma, respira aquí adentro. Vamos a medir tu capacidad pulmonar.

Fernanda retrocedió en dirección a la puerta: –Gracias. Quizás en otro momento. Ahora me tengo que ir, de verdad.

Y antes de que pudieran decir nada, se fue corriendo, con los dedos de los pies mal colocados, por cierto.

Capítulo 7

Mientras se alejaba corriendo de la casa de Fefa, Fernanda comenzó a sentirse un poco mareada. ¿Por qué tenía que ser tan complicado participar en una carrera? Lo único que ella quería era apoyar una buena causa.

Se alegró de ver a Francisca y a Berto en la calle. No parecía que estuvieran haciendo ejercicio ni inventando pociones energéticas.

–Hola, Francisca. Hola, Berto –dijo Fernanda.

Sus dos amigos se detuvieron.

–¿Nos conocemos? –dijo Francisca.

–Perdón, creo que nos has confundido con otras personas –dijo Berto.

–No creo –dijo Fernanda.

Francisca suspiró: –Déjalo, Berto –dijo, quitándose los lentes de sol–. Fernanda nos ha reconocido.

Berto también se quitó los lentes: –Eso no es bueno –dijo.

Fernanda parecía confundida: –¿Por qué no?

–Estábamos probando estos lentes, para ver hasta qué punto la gente no nos reconoce.

–Pero llevan la ropa de siempre –indicó Fernanda.

–Ahhhh –dijo Francisca. Entonces, ella y Berto sacaron sus cuadernos y comenzaron a escribir.

–Nuevo vestuario –anotó Francisca.

–De acuerdo –dijo Berto.

–Pero no muy de vestir –añadió Francisca–. No queremos llamar la atención.

–Exacto –dijo Berto.

–Estoy un poco confundida –dijo Fernanda–. ¿Por qué se quieren disfrazar?

–Por lo de la carrera –dijo Francisca–. Berto y yo estamos seguros de que uno de nosotros ganará. Después, naturalmente, seremos famosos.

–¿Te acuerdas cuando yo salvé a los gatos? –dijo Berto–. Calculamos que esto será mucho más importante. Será difícil ir a un centro comercial o a un restaurante y pasar desapercibido.

Francisca asintió con la cabeza:

–Tendremos que protegernos de los admiradores y de los reporteros. Y ya sabes que eso puede ser agotador al cabo de unos meses. Así que estamos buscando la manera de poder salir sin ser reconocidos.

–Ya veo –dijo Fernanda–. ¿Eso es todo?

–Oh, no –dijo Francisca–. Tenemos que preocuparnos de otras muchas cosas. Tendremos que decidir en qué programas de televisión aparecer.

–Y qué productos promocionar –dijo Berto–. Yo espero que sea una compañía de helados. Así me darán muestras gratuitas.

–¿Qué te parece Berto? –Francisca le dijo a Fernanda.

–Es un poco difícil de creer –dijo Fernanda.

–Absolutamente –dijo Francisca–. No hay ningún futuro en los helados. Ahora, si me dices una compañía de artículos de deporte, ya es otra cosa.

Fernanda suspiró.

–Y tú, ¿has pensado en todo esto? –preguntó Francisca.

–La verdad es que no –dijo Fernanda.

–Eso es un error. Incluso si no ganas esta vez, habrá otras carreras. Y no puedes esperar hasta que sea demasiado tarde. Una vez que estés rodeada por la muchedumbre y todos los reporteros. . .

–Y no te olvides de las luces con flash –dijo Berto–. Todos esos fotógrafos. . .

Francisca asintió con la cabeza: –Cuando llega ese momento, no puedes pensar claramente. Y desde luego que no quieres quedar como un estúpido ante la

41

cámara y que todo el mundo te vea en la televisión.

Fernanda palideció: –No, no, no querría eso. . .

–¿Por qué no practicas con nosotros? –preguntó Berto–. Nos hace falta alguien que haga el papel de admirador.

–Es muy tentador –dijo Fernanda–, pero me esperan en otra parte.

–De acuerdo –dijo Francisca–. Pero ten en cuenta lo que te hemos dicho.

–No te preocupes –dijo Fernanda–. Aunque quisiera, no me olvidaría.

Capítulo 8

–Sólo falta un día para la carrera –dijo Arturo.

Estaba parado al lado del soporte para aparcar bicicletas de la escuela con Susana, Betico, Fefa, Cerebro, Francisca y Berto.

–Eso significa que hoy sólo haremos un entrenamiento ligero –dijo Susana.

Arturo suspiró: –Creo que hasta mis músculos comienzan a tener músculos –dijo.

–Nosotros estamos listos –dijo Cerebro–. Fefa y yo hemos analizado todo, hasta el último micrómetro.

–Y yo tengo dieciocho patrocinadores –dijo Fefa–. Recaudaremos mucho dinero.

–Yo tengo un montón de patrocinadores también –dijo Berto–. Es una ventaja que mi madre trabaje en un periódico. La gente que trabaja allí tiene mucho interés por la lectura.

–Mi papá consiguió que algunos de los negocios donde recoge la basura me patrocinen –dijo Francisca–. No los decepcionaré.

–Mis papás van a vender dulces hechos en casa a los espectadores –dijo Arturo–. Y todas las ganancias serán donadas a la causa.

Betico se relamió: –Espero que guarden algún dulce para mí.

–Oye, Betico –dijo Francisca–, ¿dónde está Fernanda?

Betico se encogió de hombros: –Ni idea. Ella me dijo que ya había entrenado suficiente.

–No con nosotros –dijeron Arturo y Susana.

–Ni con nosotros –dijeron Fefa y Cerebro.

–Nosotros prácticamente ni la hemos visto –dijo Francisca.

–¡Miren, allí está! –dijo Berto, saludando con la mano.

Todos se dieron la vuelta para mirar a Fernanda, que venía a lo lejos.

Pero cuando ella se dio cuenta de que todos la miraban y la saludaban, se fue en otra dirección.

–Pobre Fernanda –dijo Berto.

–Debe de estar muy preocupada –dijo Francisca.

–Ojalá pudiéramos ayudarla. Pero ya lo intentamos –dijo Cerebro.

Cuando Fernanda vio que todos la miraban, decidió en ese momento ir a la biblioteca. No quería oír nada más sobre estrategias, ni técnicas de correr, ni nada por el estilo.

Encontró un rincón tranquilo y comenzó a leer un libro. Pero era muy difícil concentrarse y sintió que comenzaba a quedarse dormida.

Fernanda estaba subida a una cinta de caminar. No podía bajarse. La cinta iba cada vez más y más de prisa.

–Necesito descansar –dijo.

–Tonterías –dijo Susana, que regulaba la velocidad de la cinta–. Ni siquiera hemos comenzado a probar tus límites.

Detrás de ella, apareció Cerebro. Traía un vaso con un líquido que echaba espuma.

–¿Qué es eso? –preguntó Fernanda.

–Mi nueva Bebida Protónica de Energía. Te dará nuevas fuerzas y resistencia.

–No, gracias –dijo Fernanda.

–Pero tienes que beber –dijo Francisca, que venía con un grupo de reporteros y fotógrafos–. Si no, nunca serás famosa.

–Yo no quiero ser famosa –insistió Fernanda.

–¿Lo ven? –le dijo Francisca a los reporteros–. Ya les dije que era muy modesta.

Los fotógrafos comenzaron a tomar fotos, y las luces del flash hacían que Fernanda viera manchas negras.

–¡*Déjenme tranquila!* –gritó–. *No me interesa ser famosa.*

–Fernanda.

Fernanda abrió los ojos.

La señorita Turner estaba delante de ella:

–Vamos a cerrar en unos minutos.

–Ah, gracias –dijo Fernanda.

La señorita Turner sonrió: –¿Estás descansando antes de la carrera de mañana? Me imagino que estarás muy emocionada.

Fernanda suspiró y recogió sus cosas. Se sentía nerviosa, cansada, torpe e incómoda. Todo menos *emocionada*.

Capítulo 9

El día de la carrera había llegado, y los alrededores de la escuela habían sido decorados con globos y papel crepé. Habían colocado una gran pancarta que ponía LAKEWOOD A FAVOR DE LA LECTURA encima de la línea de partida. Todos hacían ejercicios de calentamiento.

El director de la escuela, el señor Hernández, habló por el micrófono:

–Atención, por favor –dijo–. Los primeros en salir serán los de quinto curso. Cinco minutos después, saldrán los de cuarto, y así sucesivamente. Ahora quiero que todos respiren hondo. Recuerden que estamos aquí para divertirnos, hacer un poco de ejercicio y recaudar dinero para una buena causa.

Arturo y sus amigos se reunieron con los otros alumnos de tercero.

–¿Estás lista, Fernanda? –preguntó Susana.

–Supongo –dijo Fernanda, que estaba al lado de Betico.

–Arturo está listo. ¿Verdad que sí? –preguntó Susana, que estaba calentando.

–¿Hay doctores aquí? –preguntó Arturo–. ¿Hay alguna ambulancia cerca? ¿Qué pasará si necesito oxígeno?

–Es interesante –dijo Cerebro– que mientras que el aire que respiramos contiene casi tres cuartas partes de nitrógeno, lo que nos dan en una emergencia es oxígeno.

–No te preocupes, Fernanda –dijo Fefa–. Si recuerdas todo lo que te dijimos, no tendrás problema.

–Estoy bien, Fefa. De verdad.

–Claro que sí –dijo Francisca–. Berto y yo te hemos dado todos los consejos que necesitas para hacer que esta carrera sea un éxito.

Betico comenzó a contar con los dedos.

–¿Qué haces? –preguntó Fernanda.

–Trato de acordarme de todo –dijo.

Una vez que los alumnos de quinto y cuarto salieron, los de tercero se acercaron a la línea de salida.

–¿Preparados? –gritó el señor Hernández–. ¡Listos! ¡Ya!

Sonó el silbato.

Los alumnos de tercero se abalanzaron. Al principio estaban amontonados, pero pronto comenzaron a separarse. Susana y Arturo iban delante.

–¡Más rápido, Arturo! –dijo Susana con la voz entrecortada–. Tenemos que mantener la delantera.

Arturo asintió con la cabeza tratando de seguir el ritmo de Susana. Pero era demasiado rápido para él.

–Tengo que parar –resolló–. Tengo un dolor en el costado.

–Es tu imaginación –dijo ella–. Lo único que tienes que hacer es. . .¡ay! De pronto, a ella también le dio un dolor en el costado.

Redujeron la velocidad y se pusieron a caminar. Mientras tanto, Fefa y Cerebro los pasaron.

–Tus pasos son demasiado largos –le dijo Cerebro a Fefa.

–Eso no es cierto –dijo Fefa–. Mis pasos son perfectos.

Cerebro negó con la cabeza: –Estás en serio peligro de lastimarte el empeine.

–Eso te lo inventaste.

Cerebro frunció el ceño: –Yo no me invento las cosas. Ven aquí y te lo demostraré –y se apartaron a un lado del camino.

Mientras Cerebro se ponía de rodillas al lado de Fefa, Francisca y Berto se adelantaron.

–¡Viva Francisca! –dijo una voz en el público.

–¡Arriba, Berto! –gritó otra.

Los dos sonrieron.

–Ahora sí –dijo Francisca–. ¡Esta es nuestra gran oportunidad!

–Francisca, ¿a dónde vas? –preguntó Berto.

–Ésos son nuestros admiradores, Berto. Quieren darnos la enhorabuena.

–Ah, claro –dijo Berto, corriendo detrás de ella.

Mientras Francisca y Berto salían del camino para saludar a sus admiradores, Fernanda y Betico se adelantaron.

–¡Oh, oh! –dijo Betico.

–¿Qué pasa? –preguntó Fernanda.

–Se me olvidó qué tengo que hacer ahora.

–Simplemente sigue corriendo –dijo Fernanda.

Betico negó con la cabeza y se detuvo.

–¿Qué haces? –preguntó Fernanda.

–No puedo correr y pensar a la vez. Tú sigue.

Fernanda se encogió de hombros: –De acuerdo –dijo, y dejó atrás a Betico, rascándose la cabeza.

Ahora Fernanda estaba sola. Tenía que

reconocer que era agradable estirar las piernas y sentir el viento en el pelo. Se preguntó si Filípides se había sentido así cuando salió de Maratón.

A medida que Fernanda se acercaba a la meta, la gente que estaba a los lados del camino la animaba más y más. Todos sonreían y la saludaban con la mano. Ella sonreía y devolvía los saludos.

Hasta que por fin cruzó la línea de la meta.

Capítulo 10

Todos los ganadores estaban junto al señor Hernández.

–Quiero darles las gracias a todos por participar en la carrera a favor de la lectura. Hemos conseguido nuestros objetivos financieros, y eso nunca lo hubiéramos logrado sin la ayuda de todos –dijo el director.

El publicó aplaudió.

Entonces, el señor Hernández comenzó a repartir los premios.

–Y para tercero –dijo– ¡felicitaciones a Fernanda! –y le entregó un libro de poemas.

–¡Viva! –gritó Berto.

–No lo puedo creer –dijo Francisca–. Deberíamos pedir un recuento.

–Aquí no hay recuentos –dijo Cerebro–. Esto es una carrera, no unas elecciones.

–No creo que Fernanda se haya preocupado por su empeine –le recordó Fefa.

–Fernanda no se preocupó de nada –dijo Arturo–. Me recuerda un poco ese antiguo cuento: Nosotros éramos las liebres. Y Fernanda era la tortuga.

Cuando se terminó la ceremonia, Fernanda fue a enseñarles su premio.

Susana hojeó las páginas del libro: –Es precioso. Bueno, y ahora que ganaste, ¿qué vas a hacer?

–Bueno, no sé exactamente.

–No te preocupes –dijo Francisca–. Nosotros te podemos aconsejar.

–Sí, tenemos muchos consejos –añadió Cerebro.

Fernanda sonrió: –De eso estoy segura –dijo.